1. Lesestufe

Cornelia Neudert

Monstergeschichten

Mit Bildern von Betina Gotzen-Beek

Mildenberger Verlag

Ravensburger

Bibliografische Information der Deutschen Nationalbibliothek:

Die Deutsche Nationalbibliothek verzeichnet diese Publikation
in der Deutschen Nationalbibliografie.
Detaillierte bibliografische Daten sind im Internet
über http://dnb.d-nb.de abrufbar.

57986

Ravensburger Leserabe
© 2010 für die Originalausgabe
Ravensburger Verlag GmbH
© 2011 für die Ausgabe mit farbigem Silbentrenner
Mildenberger Verlag GmbH
Postfach 2020, 77610 Offenburg
und Ravensburger Verlag GmbH
Postfach 2460, 88194 Ravensburg
Umschlagbild: Betina Gotzen-Beek
Konzeption Leserätsel: Dr. Birgitta Reddig-Korn
Design Leserätsel: Sabine Reddig

Printed in Germany
ISBN 978-3-619-14353-5
(für die gebundene Ausgabe im Mildenberger Verlag)
ISBN 978-3-473-38542-3
(für die broschierte Ausgabe im Ravensburger Verlag GmbH)

www.mildenberger-verlag.de
ravensburger.com
www.leserabe.de

Inhalt

Monster-Arten

Es gibt Monster mit großen Zähnen.
Es gibt Monster mit langen Mähnen.
Es gibt Monster mit dicken Bäuchen,
manche grunzen, manche keuchen.

Manche brüllen, manche schmatzen,
manche sind so klein wie Spatzen.
Andere sind groß wie ein Haus,
ein Mensch ist für sie wie eine Laus.

Alle Monster mögen Krach,
und bei süßen Sahnebonbons
werden alle Monster schwach!

Der Monster-Fänger

Keiner aus dem Dorf traut sich
in den Monster-Wald.
„Der Monster-Wald ist voller Monster",
flüstern die Leute.

Nachts knurrt und heult es
darin ganz fürchterlich.

Eines Tages kommt
ein Monster-Fänger ins Dorf.
Er heißt Moritz
und nennt sich Monster-Moritz.

Vor einer Woche hat er beschlossen,
Monster-Fänger zu werden.

Bisher hat Monster-Moritz noch
kein Monster gefangen.
Aber das soll sich jetzt ändern.

„Ich habe gehört,
in eurem Wald gibt es Monster?",
fragt er.
Die Leute aus dem Dorf nicken.

„Ich werde die Monster fangen!",
erklärt Moritz. Er klemmt sich
seine Lanze unter den Arm
und geht in den Wald.

„Wenn das mal gut geht!",
meinen die Leute
und schütteln die Köpfe.

Moritz geht tief in den Wald hinein.
Monster sieht er keine.

Nicht hinter den Stämmen,
nicht auf den Bäumen,
nicht unter den Felsen,
und im Waldsee
findet Moritz auch keine Monster.

Vielleicht muss ich warten,
bis es Nacht wird,
denkt Moritz.

Also setzt er sich auf einen Stein
und wartet.

Aber auch als es Nacht ist,
sieht Moritz keine Monster.

Er sieht jetzt
gar nichts mehr.
Er hat nämlich
seine Taschenlampe vergessen.

Am nächsten Morgen
verlässt Moritz den Wald.
„Keine Monster da",
sagt er zu den Leuten im Dorf.

Aber sie glauben Moritz nicht.
Keiner von ihnen traut sich in den Wald.

So können die Monster
auch weiterhin
ungestört darin leben.

Monster-Hobby

Monster Püh
hat ein seltsames Hobby.
Es furzt gerne.
Pups! Pups! Pups!

Pups! Pups! Pups! Pups!
Igitt!
Was für ein Gestank!

Das Monster im Bad

Paul ist sicher,
dass im Abfluss im Bad
ein Monster wohnt.

Manchmal gluckst und rülpst es darin,
und oft stinkt es daraus ganz ekelhaft.

„Das Monster hat gepupst",
meint Paul dann.
„Unsinn!", sagen seine Eltern.
„Es gibt keine Monster!"

Trotzdem legt sich Paul
auf die Lauer.

An einem Dienstagnachmittag
gegen fünf Uhr ist es so weit:
Das Monster klettert aus dem Abfluss.

Zuerst reckt sich
ein glitschiger Fangarm hervor,
dann ein zweiter, dann ein dritter …
Paul hält den Atem an.

Jetzt quetscht sich
das ganze grüne Monster
aus dem Abfluss heraus.

Vorsichtig sieht es sich um,
aber Paul ist gut versteckt.
Das Monster entdeckt ihn nicht.

Flink klettert es den Rand
der Badewanne hinauf.

Dort schnappt es sich
die Shampooflasche
und trinkt sie leer.

Anschließend rülpst es laut.
Ein paar Seifenblasen
steigen aus seinem Maul.

Na so was!, denkt Paul.
Deshalb ist unsere Shampooflasche
dauernd leer!
Und Mama behauptet immer,
ich würde so viel verbrauchen!

Gegen das Monster
muss Paul etwas unternehmen!

Kaum ist es wieder
im Abfluss verschwunden,
rennt Paul in die Küche.

Er holt das Ketchup und füllt es
in die leere Shampooflasche.
Dann stellt er die Flasche zurück
auf den Rand der Badewanne.

Am Mittwoch passiert nichts.
Doch am Donnerstag
kommt das Monster wieder.

Paul sieht,
wie es aus dem Abfluss kriecht.

Wieder schnappt es sich
die Shampooflasche
und schlürft sie leer.

Diesmal rülpst es nicht.
Es läuft rot an.
Knallrot.

Dann macht es das Maul auf
und brüllt: „BLÄÄÄÄÄÄÄ!!!!"

Es lässt die Flasche fallen
und verschwindet im Abfluss.

Seither gluckst
und rülpst es nicht mehr.
Es stinkt auch nicht mehr,
und die Shampooflasche
ist viel länger voll.

Die Monster-Lehrerin

Jule sitzt in der Klasse
wie jeden Tag.
Da öffnet sich die Tür.

Herein kommt nicht Frau Tüpfler,
herein kommt ein zottiges Monster!
Es hat ein lila Fell
und stinkt nach Müll.

Es reißt das Maul auf,
sodass man seine spitzen Zähne sieht,
und brüllt:

„Wie viel ist rechts mal links?
Wie heißt der Kaiser von Chile?
Nenne fünf bewohnte Planeten
in unserer Galaxis!

30

Und we*he*, ich er*wi*sche je*man*den,
der sei*ne* Haus*aufgaben*
nicht ge*macht* hat!"

Jule duckt sich er*schro*cken.
Ihr fällt plötz*lich* ein,
dass sie ih*re* Mathe*aufgaben*
ver*ges*sen hat.

Das Monster schnüffelt.
„Ich rieche
vergessene Hausaufgaben!",
knurrt es.

Es dreht den Kopf
und sieht Jule an.

Was mach ich nur?
Was mach ich nur?,
denkt Jule.

Wie gelähmt sitzt sie da.
Das Monster grinst
und kommt auf sie zu.

Da wacht Jule auf.
Puh! Was für ein Glück!
Sie hat nur geträumt!

Aber eine Sache stimmt:
Sie hat
ihre Matheaufgaben vergessen!

„Oh, Jule!", stöhnt ihre Mutter.
Aber sie hilft Jule,
die Aufgaben beim Frühstück
noch schnell zu lösen.

Später sitzt Jule
in der Klasse.

Da öffnet sich die Tür,
und herein kommt
etwas Zottiges in Lila!
Wie in Jules Traum!

Und obwohl es kein Monster ist,
ist Jule doch froh,
dass sie ihre Aufgaben
gemacht hat.

Monster-Abschied

Das tun Monster gerne:
rülpsen und schlürfen,
brüllen und zischen,
knurren und springen,
tanzen und sehr laut singen.

Zum Abschied, um sich zu bedanken,
winken sie mit ihren Pranken.

Leserabe Leserätsel

Super, du hast das ganze Buch geschafft!
Hast du die Geschichten ganz genau gelesen?
Der Leserabe hat sich ein paar spannende
Rätsel für echte Lese-Detektive ausgedacht.
Wenn du Rätsel 4 auf Seite 42 löst,
kannst du ein Buchpaket gewinnen!

Rätsel 1

In dieser Buchstabenkiste haben sich fünf Wörter
aus den Geschichten versteckt. Findest du sie?

M	O	N	S	T	E	R	U	J	E	O	R	W	Z	L	M
X	N	B	A	C	D	O	V	U	I	L	A	N	Z	E	H
R	B	O	N	B	O	N	H	L	W	K	Z	E	A	C	J
L	I	T	R	N	R	S	K	E	F	P	U	P	S	E	N

Der Leserabe hat einige Wörter aus
den Geschichten auseinandergeschnitten.
Immer zwei Silben ergeben ein Wort.
Schreibe die Wörter auf ein Blatt!

Rätsel 2

-stank

-fluss

Ab-

Ketch-

-ritz

Ge-

-up

Mo-

In diesem Satz von Seite 5 sind vier falsche
Buchstaben versteckt. Lies ganz genau und
trage die falschen Buchstaben der Reihe
nach in die Kästchen ein.

Rätsel 3

Allew Monster mögen Krach,
und bei süßean Sahnebonbons
werdeln alle Monsdter schwach!

1	2	3	4

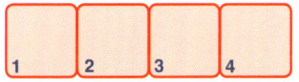

Lösungen
Rätsel 1: Monster, Jule, Bonbon, Lanze, Pupsen
Rätsel 2: Abfluss, Gestank, Ketchup, Moritz
Rätsel 3: Wald

41

Rätsel für die Rabenpost

Beantworte die Fragen zu den Geschichten. Wenn du dir nicht sicher bist, lies auf den Seiten noch mal nach!

1. Warum traut sich keiner in den Monster-Wald? (Seite 6)

   G: Weil es dort dunkel ist.

   H: Weil der Wald voller Monster ist.

2. Welches Hobby hat Monster Püh? (Seite 15)

   U : Es liest gern Krimis.

   O: Es furzt gerne.

3. Wie vertreibt Paul das Monster aus dem Badezimmer? (Seite 23–26)

   B: Er gibt dem Monster Ketchup zu trinken.

   R: Er verstopft den Abfluss, damit das Monster nicht mehr rauskommt.

Lösungswort:

1	2	**B**	3	**Y**

Rabenpost

Bitte frage deine Eltern!*

Herzlichen Glückwunsch!

Du hast das ganze Buch geschafft und die Rätsel gelöst, super!!!

Jetzt ist es Zeit für die Rabenpost.
Wenn du das Lösungswort auf Seite 42 herausgefunden hast, kannst du tolle Preise gewinnen. Aber bitte frage vorher deine Eltern, ob du mitmachen darfst!

Gib das Lösungswort auf der  **Leserabe** Website ein:

▶ www.leserabe.de

oder schick es mit der Post:

Lösungswort:

An
den LESERABEN
RABENPOST
Postfach 2007
88190 Ravensburg
Deutschland

Leichter lesen lernen mit der
Silbenmethode

Durch die Kennzeichnung der einzelnen Silben in Rot und Blau lernen Kinder leichter lesen. Das gelingt so:

- Die einzelnen Wörter werden in Buchstabengruppen aufgeteilt. Diese kleinen Gruppen sind leichter zu erfassen als das ganze Wort.

- Die Buchstabengruppen sind ganz besondere Einheiten: Sie zeigen die Sprech-Silben an, den Schlüssel, um ein Wort richtig lesen und verstehen zu können.

Zum Beispiel können bei dem Wort „Giraffe" auch die ersten drei Buchstaben „Gir" als Gruppe gelesen werden: Gir - af - fe. Das könnte dann der Name einer besonderen Affenart sein.

Mit den farbigen Silben dagegen werden sofort die richtigen Buchstabengruppen erkannt: Giraffe. Beim Lesen ergibt sich automatisch der richtige Sinn: Es ist das Tier mit dem langen Hals gemeint.

Dadurch lesen alle Leseanfänger leichter und besser – und auch die nicht so starken Leser können schneller Erfolge erzielen.

Die farbigen Silben helfen aber nicht nur beim Lesen, sondern auch bei der Rechtschreibung. Der Leseanfänger nimmt von Anfang an die Silbengliederung der Wörter wahr – und kann so die richtige Schreibweise ableiten.

Die original Mildenberger Silbenmethode wird seit über einem Jahrzehnt an vielen Grundschulen unterrichtet und führt bei Kindern nachweislich zu schnellerem Leseerfolg.

Weitere Informationen zur Silbenmethode auf:
www.silbenmethode.de